VOM DIES
INS JENSEI

O. P. ZIER

VOM DIESSEITS DER WÜNSCHE INS JENSEITS IHRER ERFÜLLUNG

GEDICHTE

OTTO MÜLLER VERLAG

ISBN 3-7013-1096-3

Satz: Media Design: Rizner.at
Druck und Bindung: Ueberreuter, Korneuburg

Wir alle
müssen einmal sterben,
sagen die Überlebenden.

Rainer Malkowski, *Auf der Strecke*

Nach *dem rettenden Sprung*
auf das sinkende Schiff

In Luftblasen
steigt
die Chronik
des Versinkens
ans Licht

(und
in Wortblasen
die des
Verstummens
ins Gedicht?)

I

VOM HANDWERK DES BLEIBENS

oder

Barfuß über glühende Sätze

Hier?

Hier,

wo
der Horizont
V-Ausschnitt trägt,

die
Zeit sich noch in Landschaft
kleidet,

wo
der Himmel zum Frühstück
die Spitzen der Berge tief
ins Sonnenlicht tunkt,

wo
die Hügel noch nicht mit Visitenkarten
von Landschaftsarchitekten
gespickt aufwachsen,

die
Umgebung noch nicht künstlich
ernährt wird,

hier
sei es noch *handgemacht*, das
Fortgehen;

keine
Industrie des Fliehens
angesiedelt,

im
steilen toten Winkel
vorsichtigen Zauderns?

Hier jedenfalls
scheint man es
vom Leben zu erlernen,

ohne
etwas davon zu bemerken, das
Handwerk des Bleibens.

Gewachsene Architektur
oder
Vom jahrhundertelangen
Ausbrüten der Flucht

Jederzeit absprungbereit
von ihren versteckten
Schanzentischen

sitzen
Häuser und Ställe brütend
an den Bergwiesen – und

WARTEN!

(Keine
Ungeduld
zu sehen, in
ihren im Abendlicht
der Ferne
zuzwinkernden
Fenstern?

Jedoch:
ihre wie meine
Wurzeln
flattern
im Wind, wenn
der Tag
ausatmet!)

Wer verlangte mehr?
(Alpiner Blues)

Ein bisschen
Raureif

dämpft das
grelle Grün.

Etwas
Sonne

versucht
zu landen, auf

zu schmaler
Piste.

Und ein
wenig, ein

ganz klein wenig
Leben

ist vermutlich auch
noch unterwegs, irgendwo

weit draußen
in dieser

unsichtbaren
Freiheit.

Zu müd zum Untergehn?

Kaum öfter als die Turmuhr, schlägt
mein Herz den öden Takt
zu diesem Abend?

Vor lauter Dunkelheit
ist nichts zu sehn, von
all den Illusionen.

Erst die Morgensonne
wird sie wieder schön beleuchten, die
tauglitzernden Hirngespinste, in

denen das Überleben schaukelt, vom
einen unsichtbaren Ufer
zum andren.

BeSchilderung; schneeverweht

... Zukunft nur mit zwei bloßfüßigen
Worten in die Welt gerannt

(das Ich

dem AugenBlick markiert, als
still schmelzender Klang des Vergangenen.)

SchreibSchlaf auf Halbmast

Immer, wenn
er uns ausgeht, der
lange Atem für die kurzen
Gedichte,

treten
wir mit erstklassigem
Schweigen an den Bug
des Tages und wissen,

dass
sich in uns die Anker
schon lichten,

aus
der Dunkelheit
versunkener Sätze.

Omertà

Wer versuchte auch nur
mit stumpfen Schritten

zumindest in Kurzschrift
fortzugehen, übers

verschwiegene Land, wo
doch der Tag

die Zeilen löscht
und die Nacht

das Papier einrollt, zum
Schutz der Geheimnisse?

Gegenüberstellung

Im fein versprühten Echo
des abgewandten Tages
das gesuchte Wort erkennen.

Gegen ein Stück Nacht
gelehnt, damit strohblond
dem Dunkel die Enttäuschung
übersetzen.

(Als ließe sich
– von wem auch immer –
noch *Poesie* verstecken, in
der dritten Zeile des
bereisten Mondes!)

Erstickungsübung; dem Anfang zu

Unsere Begegnung auf
zerfallenden Geleisen, im
rauchig-still zurückbewegten
Herbst.

Diesig, der
verstaubte Blick. Darin
die Farbe des Staunens
erfunden, oder auch nicht.

Aber noch lange nicht
eingeweiht, in den
Atem unverkäuflicher
Trauer.

Bilanzbuchhaltung; Abendkurs

Das stille Flitterlicht
der Birken im föhnig-nervösen
Oktober verbucht;

                                        nachts
kommen dann die Schreie
ohne Umweg aus der
Dunkelheit

                        (und
alle Versäumnisse
liefern pünktlich ihre
schmerzhaften Erträge ab?).

Dschungel-Idyll; jederzeit

Durch den hausgemachten November
gehen (Schritt für Schritt in
der Spur der Verletzung); rand-
los, die Unruhe, scheinbar
ohne Kontur, das Wesen der
Trauer; mit geliehenem Atem
sich von Gedicht zu Gedicht
schwingen (um mit dieser Bewegung
dem Stillstand seine Vorläufigkeit
zu verzinsen?)

Ziemlich enge Sprachleere; frühes Kapitel

Als Kinder
lehrten wir einander
die Sprache
der Eisblumen, um
uns der Kälte
verständlich machen
zu können.

Eine
Messerspitze Salz, und
schon tränten unsere Ge-
schichten von den frierenden
Fensterscheiben ins
modrig-feuchte Holz
des Rahmens.

(Und
all die toten
Eisblumen
beschleunigten
mit unserem Schweigen
nur die Fäulnis
in den Ritzen)

ElternRückblick; festlich

Weiß balancierte früher
der Dezember die Tage
durchs Dickicht unerfüllbarer
Wünsche, die aus frostigen
Nächten wuchsen, nur so, als
verlängerte Tagträume

(um
das kleine Leuchten des
Erfüllbaren zu schützen, in
dem Fest der Wirklichkeit
freudig entgegenschrumpfenden
Herzen).

HeimatBilderSturm

Die Botschaften, die
wir im Winter unseres Landes
mit aus Schweigen geformten
Händen mühsam in den Tag
ritzen,

es
finden sie im vorgetäuschten
Sommer wirklich jene in die
Wolken gespiegelt,

die
am Enträtseln der Kälte
das Verzweifeln fehlerlos
buchstabieren zu lernen
suchen?

Schon fast verwestes Sonett
(auf den Kopf gestellt oder an den Füßen in die KulissenWelt gehängt)

Es weht uns übers Schlachtfeld dieses Tages; so
umrahmt von verborgten Einfällen, unscharf
hineinerfunden, in die Blässe der Spiegelbilder.

Scheinbar erschwerter Umgang auch mit Tönen: Rufe,
unterwegs in der falschen Richtung, bleiben
unerbeutet, kehren aber verlässlich als Querschläger heim.

Ja: Als würden die Hügel brennen, bei
geschlossenen Augen, im versäumten
Winter; doch: Die Kälte längst heimgetragen,
durchs flackernde Gras.

Das baumelnde Gerippe der Nacht: Ein Stück vergessener
Filmdekoration. Der Tag jedenfalls entstellt, vom
allgemeinen Flüchten der Blicke:
Barfuß über glühende Sätze!

II

DIE KNOSPEN DES RUINS

oder

Die Spannweite des Lichts

1

Vom Licht
des Frühlingstages
schaumig geschlagen, das
noch verbliebene Grün
der Laubbäume
(und
einzig vom geduldigen
Hinsehen noch einen
Moment festgehalten, auf
dem fliehenden Untergrund
dieser Stunden).

Frühling; unmaskiert

Schlichter Dreizeiler, der
vergaß, seine Silben
als Haiku zu verkleiden:

Als falsche Fingernägel
fallen die Kirschblütenblätter
ab, in diesem richtigen Frühling

Flugschule; vom
Wipfel des Baumes

Schwer
wirft der Rabe

sein Schwarz

ins seichte
Licht

Büsche und Bäume
erfinden sich
als Ufer der Felder

über die dein Blick
tritt, wenn du
ans Unwetter

denkst

Als vom Schreibtisch gewehtes
Papierschnipsel, nur

angetrieben vom leisen Staunen
unsres Blickes, flattert

der Kohlweißling über das
Gelbgrün des abgeernteten

Tages, die Flügel vom Sommer
in Geheimschrift beschrieben

Kaltstart auf dem Papier

Blitzend
springt der Donner
an, wenn der gewittrige
Sommernachmittag gestartet
wird (ganz allein von der
Erinnerung).

Begegnung; ein Melodram

Verwirrt
entziffert der Wasserspiegel
des verschlammten Teichs
die Abschrift der Nacht
in dem Gesicht, das
auf ihn zustürzt, aus
gewittrigen
Gedanken.

BürokratieSpiel; natürlich

Dein Schattenriss des späten Sommertags, ein
gehauchter Scherenschnitt, den

die fleißigen Grillen
mit spitzem Zirpen
doppelt perforieren

(als Akten
Laub vom Vorjahr).

Spätherbst; Sonderausgabe

Schütter, die
Sonnenstrahlen; vom Heute
lose über den nachgemachten
Fels gekämmt.

Nur noch ein
Augenaufschlag des Fisches, und
es ist wieder Winter, im
Aquarium?

Die Tonleiter der Lärche
(sanft an einen Jännertag gelehnt)

Als SatzZeichen des Winters, hüpfen

Amseln von zu
die verloren AstZeile AstZeile.

Aber vielleicht
setzen sie nur
die Stille
in Noten (damit
wir sie
in Gedanken
spielen, mit
unseren Blicken
durchs Fenster
ins lärmende
Schneetreiben
hinaus).

Ernte; weiß

Gedichte, die
sich strophenweise
auf gleißendem Papier
verzweigen

und
in diesem Winter
kandierte Früchte
tragen

FarbenWettkampf

Im Frühjahr
werden jene Blätter
wunderschön gelb, die
im Herbst nicht fallen
werden?

(Unsere
Unaufmerksamkeit setzt
auch mit ihnen nur
dem Vergessen
Denkmäler)

2

SPIELWARENABTEILUNG WEGEN UMBAUS VORÜBERGEHEND GESCHLOSSEN!
(BachbettSonett)

Als verstreute Teile
eines Puzzles, legt
die Sonne beredt ihr
Funkeln auf den Fluss.

Und
dort treibt es der Tag
schweigend stromaufwärts
in den Abend.

(Später fügen sich jene
von heute an die Teile
von gestern,
wenn
sie sich dunkel im
Bachbett schlafen legen)

Nach GeschäftsSchluss
oder
Kein Untergang des Feierabendlandes?

Kein Hilferuf im Geglitzer
der nackten Blätter verborgen?

Der
Mäusebussard glättet noch einmal
unser Schweigen im Flug.

Und
von links tritt die Nacht auf, im
Kostüm mäßig funkelnder Erinnerung.

Mit zwei trotzigen Wünschen
ahmen die künstlichen Träume
noch rasch das Unnachahmliche
der Maserung dieses
vergangenen Tages nach

(und
unser Schlaf blättert flüchtig
ein paar der knapp verpassten
Erlebnisse durch?).

16.00 UHR GEDICHTPROBE. BITTE UM PÜNKTLICHES ERSCHEINEN!

Die Schwingen
des Baums

verzeichnen
die Spannweite

des Lichts
im diesseitigen

Grau.

(Immerhin
etwas, vor
dem Abflug seines
allerletzten Blattes, von
dem wir es
spielen wollen, dieses
hellklingende
Gedicht)

Freiluft-Secondhand

Knatternd verlassen
die neuen Baufahrzeuge
das alte Feld.

Flugs
bringen die Vögel
mit ihrem Zwitschern
die gebrauchte Stille
zurück …

NachtarbeitsZuschlag

Die Berge streiten
um die Stille.

Der Wald kommt heim
in die Erinnerung.

Auf dem Papier warten die Wege
auf die ersten Schritte im Kopf.

Doch: Reglos und gelassen
macht auch der Poet

nur Dienst nach Vorschrift
unterm einladenden Mond, der

noch immer sein Leuchten
verteilt, an all die

kurzsichtigen
Augenblicke …

Wirklich
tote Saison

Immer öfter
verreist

auch bei uns
im Gebirge

Anfang November
der Winter.

Grün
verschließt er

die Landschaft
zum Schutz

vor dem
Einbruch

der Erinnerung
an dieses

gefährliche
Weiß.

Natur; rasant

Nacktschnecken
liegen auf der
Lauer, bis

die Erdbeeren
endlich rot
werden, vor

Glück

III

KEINE ANSICHTSKARTEN-MISSHANDLUNG

oder

Auch hier vergeht die Zeit

Teamwork
(für Hundsdorf Nr. 3)

In diesen alten Häusern
bauen die Spinnen
den Seufzern des Gebälks
Fangnetze

Das Haus
ohne Zufahrt; doch

auch hier
vergeht die Zeit

nicht mehr
zu Fuß

AugenZeugenBericht

Ein Nussbaumblatt rutscht
gefährlich übers Stalldach.

Und während er es in der
Gegenrichtung überfliegt,

bremst der Vogel es sacht
mit seinem Schatten.

Morgenmuffel; natürlich
(BerichtGedicht)

Der Regen
ist dem Nussbaum
behilflich, dem
Morgen zuzunicken; er
hilft dem Baum, der
sich noch unter der Dusche
wähnt und sich müde
und verschlafen
mit dem Ast
auf das Stalldach
stützt.

Anderswo
reckt einer seine Krone
ins neblige Grau; aber
auch nur deshalb, weil
er mich um Haupteslänge
überragen will, der
ich unter dem Giebel
des Hauses fröstelnd
einen Moment lang an
Größe
dachte …

Heimkehr, ländlich; irgendwo

Bei der Ankunft
fliegt die Fledermaus

einige aufgeregte schwarze
Linien ins dunkle Vorhaus, spannt

kunstvoll diese Seile
zur fürsorglichen Begrüßung

in die Nacht, nach
denen der Blick schnappt, den

Weg zu finden, vom
dunklen Heute ins scheinbar

helle Gestern des halb
versteckten Kindseins.

(Und nur
die Siebenschläfer
zitieren eilig
die Flucht,
mit
ihrem Trappellauf
über den morschen
Balkon)

IV

ERHEBET DIE HERZEN

oder

Nur undeutlich im Zufall gespiegelt

1

Und er stört dich
wirklich nicht, der

Lärm, der

entsteht, wenn
ich am Morgen

die Augen
öffne?

GedankenFoto; leicht
melancholisch solarisiert?

Nun fallen wir also
kunstvoll
                    in so viele
Richtungen auseinander

                                        jeder diese Handvoll
                                        Mikadostäbe
                                        aus Licht, die
keine Umarmung mehr zusammenhält

                                                  (und die vergeblich
                                                  leuchten, vor
                                                                    unserem dunkel
                                                            verschlossenen Leben).

TunnelFahrt; TagesBericht

Löwenzahn und Hahnenfuß
atmeten die Sonne aus
ins Grün; doch
dein
dunkler Blick tauchte
das von *mir* Gesehene

voreilig
in Nacht.

Zurück blieb nur
ein schwaches
Hoffen
auf das helllichte Ende

dieses
Satzes.

LichtReklame

Auch der so schön
leuchtende Schleier

aus Katzenblicken – von
Nacht zu Nacht gespannt –,

nur ein Werbegeschenk
dieser Dunkelheit

zwischen uns?

Verbrauchsdatum abgelaufen

Nur undeutlich im
Zufall gespiegelt, vom

Möglichen benannt, glaubten
wir uns dennoch

zu erkennen.
Und suchen

uns jetzt im weit verstreuten
Echo dieser tauben Träume:

Beide tiefgefroren, mindestens
haltbar bis ans Ende unserer

ANGST?

Es ist unser Tag, den
du auf meinem Blick
rasten lässt. Ein
Regentag.

Landschaftsbild; fenstergerahmt

Der Herbstwind
treibt die Kälte
übers Land.

Dicht
neben dem Ofen
erfrieren wir

aneinander.

GeographieUnterricht; sportlich

Also bloß
kopflos
dorthin

geflüchtet, worin

sich
der Schmerz
spiegelte

(mit
wunden
Fersen

blind
Zuversicht
in eine

fremde
Herzgegend
gerannt,

in
fantastischer
Lebensbestzeit)?

JagdLizenz; gültig

Stolz
stellen wir sie
mit uns selber
aus, die

Trophäen
einander
totgeschlagener
Zeit

Am Gewicht unsres
Hoffens ertrinkt

vor unser beider Augen

auch noch der aller-
letzte Strohhalm

NotVorrat

Und wenn es dann
eng wird, mit
dem Leiden

an uns, tauen

wir den
Schmerz
vom Vorjahr auf?

Marathon; TrostPreisträger

Vergoldet werden
sie also, diese

zähen Ehen, die
darin so viel Ausdauer

beweisen, zwei
Leben lang

schief
zu laufen.

2

Gewitterneigung: dein
Kopf, schräg
zu mir
herab

Jedes der frisch gewaschenen Liebes-
gedichte hänge ich zum Trocknen
vor den Mund

(und du sagst:
Mensch, hast du heute wieder
eine Fahne!)

Ich ticke
nicht richtig, meinst
du.

Dabei
spiele ich
doch nur

in Gedanken
gegen mich
selbst

Tisch-Tennis – *das*
ist es doch, was
du hörst!

Drohung; im poetischen GegenLicht

Wenn du
Hackfleisch

aus mir machst,

mache ich
aus dir

ein Gedicht!

15 cm Sonnenuntergang
lesbar im Rückspiegel.
Das bleibt?

V

AUSLAGE IN ARBEIT

oder

Die Mündung eines
neuen Tags

1

ArtistenGlück; Maßstab 1:1

Leben also, dieses
mühsame Balancieren
auf dem mageren
Bindestrich zwischen
Geburts- und Sterbedatum?

KehrichtLeben; herbstlich

Wenn wir
einatmen, bläst

der Wind in uns

nur die Schmerzen
auf einen Haufen?

Unterm Lebensbaum?
(Vergraben in der Tiefe des Tages)

Auf den Platz, den
die Vormittagssonne

noch meinem Zögern
geebnet hat, atmet

mich am Nachmittag
der Kirschbaum

vielleicht schon
als Schatten aus

WesternGedicht

Nichts anderes also
sei es, als

die Mündung
eines neuen Tags, in

die wir starren, so
heftig umworben vom
Tod, sobald

unser erster Blick
erneut versucht, ihm

standzuhalten, diesem
Leben?

Leben wir nicht alle unter ferner liefen?

Vom Verblassen
des Turmspringers

in der Luft

erzählt uns doch
das strahlende Blau

oder

KUNST
STÜCK

Wir haben
unser Leben
im Sturzflug
gelebt
(ohne
jemals wirklich
aufgestiegen
zu sein).

2

Minuskripte

nannte sie also
damals schon
mein Sohn …

(Und wer
nimmt sie
unter seine
Profittiche?)

KUNST; natürlich
UNSTERBLICH

Ein winterlicher Seitenblick
weg von diesem Gedicht, hinaus
durchs Arbeitszimmerfenster:

Mit seinem so
kunstvoll erzeugten
Lächeln, lächelt

der Schneemann
zufrieden

dem Frühling
entgegen …

LektüreErfahrung

Wer sich also
an Geprügelte hält, kann
bald

in den eigenen
blauen Flecken
lesen?

Oft
träume ich
im Halbschlaf

die besten Ideen, die
ich dann schlaftrunken
notiere.

Seit kurzem
träume ich
zu diesen Ideen

auch noch, dass
ich sie schlaftrunken
notiere.

„… wer mit der Zeit mitläuft, wird von ihr überrannt,
aber wer still steht, auf den kommen die Dinge zu…“
(Gottfried Benn)

Und da stehen wir also. Still.
Und sehen den Dingen nach, wie
sie den mit der Zeit Mitlaufenden
hinterdrein rennen?

„Kein Verstummen hat Stimme genug …“
(Gerhard Fritsch)

… gleich alt sein
wie dieses Buch, das
zuunterst liegt, auf
dem Wühltisch
des Flohmarkts; fast

36 Jahre sind beide, Buch
und Käufer – druckfrisch
und ungelesen, das
eine, durch allzu viele
Hände gegangen, der
andere …

3

Wir haben es gut; SommerGedicht

Alleen, unsere
Irrwege
beid seitig
beschattet
vom Missgeschick

DER VERZEHR
VON MITGEBRACHTEM
IST VERBOTEN!

Wir laufen
auf dem Stand

und tasten
siegessicher

nach dem Ziel

in unsrer
Hosentasche

Erfolg

Wir
Zurückbleibenden

erbeuten
stolz

das
Nachsehen?

ACHTEN SIE AUF GESUNDEN TEINT!

Diese Hitze
im Kopf

bräunt immerhin

die Stirn
von innen?

TherapieErfolg

Aus sich
herausgehen

ganz; mit

erhobenen
Händen!

Unser Widerstand?

Wir holen uns
nicht einmal

kalte Füße

holen sie einfach
nicht ab

Wieder Salzburg; JagdaufsichtGedicht

Rechtzeitig
Gefahr wittern

aus der Richtung, aus
der Hilfe

droht?

Wir
Glückspilze, wir

giftige!

Aromatherapie

Zufrieden
signiert uns
der Tag
mit diesem
fantastischen Geruch

von Niederlage.

(Nur wer Glück hat, wittert
eine Fälschung …)

ABER:

abseits
trägt auch

das Schweigen

einen anderen
Namen?

Wir verstummen mitten im Satz,
rettungslos lächelnd.

Wisława Szymborska, *Überraschendes Wiedersehen*

INHALT